Pili Mandelbaum

Noire comme le café, blanc comme la lune

Pastel
lutin poche de l'école des loisirs
11, rue de Sèvres, Paris 6ᵉ

- Que se passe-t-il, Nana, tu es triste ?
- Non, papa...

- Je sens que tu me caches quelque chose...
- Non... mais je n'aime pas qu'on me regarde.
- Et pourquoi ?
- Parce que je ne suis pas jolie !

- Pas jolie ? Mais tu es jolie comme un coeur !

- Papa, je n'aime pas la couleur de ma figure, de mes mains, de mes bras...
  Je voudrais tant être comme toi !

- Grande sotte !
  Et moi qui ferais tout pour ne pas avoir une figure blanche comme la lune !
  Viens voir...

- Si on mélange un peu de ce tube-ci, un peu de celui-là...
Voilà un beau brun. Non, j'ai une meilleure idée !

- Si nous faisions du café au lait ?
- Oh oui, papa, avec beaucoup de lait !

- Tu ne sais pas où maman range les filtres à café ?

- Maman est noire comme le café.

- Toi, tu es blanc comme la lune... non, comme le lait.
Et moi, je suis café au lait !

- Encore un peu de lait, papa !
- Non, non, ça suffit, c'est exactement ta couleur.

- Tu ne bois pas ? Que se passe-t-il, Nana ?

- Je voudrais tellement avoir des cheveux comme les tiens, papa !
- Des baguettes de tambour ! Tu veux rire.

- Et si nous échangions nos têtes ?

- Rien de tel que le marc de café pour se déguiser !

- Et moi, papa, comment vas-tu me déguiser ? Pas avec du marc de café quand même ?
- Ça, Nana, c'est une surprise...

- Mets-en bien partout et n'oublie pas le cou...

- Bravo, elles sont superbes tes papillotes !

- A ton tour, Nana.
Je vais t'enfariner comme un Pierrot.

- Tu penses que maman va te reconnaître ? Allons à sa rencontre.

- Je peux mettre ton chapeau ?

- Elle croira vraiment que je suis toi.

- Toi, tu es moi !
- Et moi, je suis toi !

- Tu as vu, bon-papa, ils se croient au carnaval.

- Maman !

- Qu'est ce que vous avez encore inventé tous les deux !
Occupez-vous plutôt de mes paquets, je vais chercher le pain.

- Je crois que maman
  n'est pas très contente...
- Elle est peut-être gênée ?

- Regarde toutes ces dames qui se font friser ou défriser !
On n'est jamais content de la tête qu'on a…

… ni de la couleur de sa peau !

- Maintenant, les clowns, tous les deux sous la douche !

- Dis, maman, un morceau de lune qui tombe dans du café noir, ça fait quoi ?
- Ça fait «plouf» ?
- Non... ça fait «moi» !